歌集 人魚

染野太朗

角川書店

人魚（二〇一〇年〜二〇一五年）　目次

I

II

Ⅲ

Ⅳ

V

VI

歌集

人魚

染野太朗

装幀・ブックデザイン　南　一夫
装画　瀬戸菜央

I

ネルボン

ネルボンという眠剤を処方され妻と笑いし冬
もあったな

たかだかと

盂蘭盆は父の酒量のいや増して焼酎に氷鳴り
やまぬなり

還暦を四年過ぎたる父の背の汗のぬめりよ茗荷摘みゆく

教育に金をかけろと父はその父に言われきそれを守りき

三十代だったろう　父はアパートで茶碗や箸
をよく投げつけた

たかだかと父は掲げつ盆の夜の途切れなかっ
たりんごの皮を

父の揚げた茗荷の天麩羅さくさくと旨しも父よ長生きするな

*

夕刊に河野裕子の死亡記事読みたるのちを茗荷刻みつ

特集の組まれ全集の編まれ名を冠する賞の置かれんさわがしく死は

泣き叫ぶ人

彫刻刀ひとに向けるなアスペルガー症候群の
秋の生徒よ

「アスペルガー症候群」と校長の口にするたび貝が破裂す

校長は遠い踏切「ほかの子の人権」だとか「訴訟」だとか声を震わせ

ポリエチレン製の花瓶に三本のガーベラを挿す期末試験の朝

水曜日の区民プールに浮きながらぼくを見ている脳性麻痺の子

日曜日の教員室でひとり読む絲山秋子『妻の超然』

前世のせいで

地下駅の一番深い場所だった割れたメガネが
落ちていたのは

教卓に落とし物として置かれたりスワロフスキーのボールペンが

東京の海の底にはまだ二匹ゴジラがいると告げに来た人

水死した前世のせいで足先が冷えるのですと
告げられて冬

右に曲がれば

背と腹にカイロを貼りて校門を目指すことあり　とても寒くて

逃げてたら余計に怖くなるからな　青天に薄い雲ばかり浮く

叱るたびぼくの耳から逃げていくシロウオ冬のこの十日ほどを

教室に散らばっている消しカスを掃いたら急
に紺野が泣いた

冗談とかお互いさまとかおまえらどこで覚え
て紺野を泣かせた

一月の生徒よ眠れ眠る間《ま》に鰓を一枚ずつ剝がすから

叱れども泣けども生徒の眼球の広がる白をわが止められず

胸倉を摑んでまでもこいつらに伝えんことの
なきまま摑む

死者を呼ぶような音たて加湿器が数学研究室
の机に

教員室の本棚の下段　三日月のように傾く
『荒地の恋』は

手袋が手袋のまま落ちていた校門を出て右に
曲がれば

高円寺南口なる雑貨屋にホーロー鍋を摑んだ
のだが

分け合う

先生が悪いよ　そうか、悪いか　と答えしのちを揺れは始まり

生徒らを机の下にもぐらせて花瓶の水だけを
見ていたる

本棚の上の花瓶のガーベラは震えはしたが倒
れなかった

腹の出た教師が廊下を駆けていくプールの水が溢れたと叫び

千代田区の揺れのみを知るぼくたちが昂りて分け合う塩むすび

ストーブを囲み語らう夜の教師の余震のたび
に輝く眼《まなこ》

揺れのつづく教室に寝れば故知れぬ怒り湧き
来ぬ旧き怒りが

漏れやまぬ東京のことば　夜の隅で大口玲子
の歌を読みたし

II

馬橋公園

五月十五日、馬《ま》橋《ばし》公園、青天に君をし思うこ
と許されず

あの頃にぼくが着たかったものを着て野球少年白球を追う

早さではなくて想いがほしいのだが　欲とは初夏の水に似ている

鳩でしかない鳩である撒かれたるたまごボー
ロを追っているのは

青天の広さ深さを測るように少年野球に歓声
上がる

抱きしむる力に抱き返されたきを浅くながる
る五月の水は

わが見えぬビー玉いくついくつ粒も撒かれたる
のちひと日は果てぬ

公園を出てゆく野球少年の誰ひとりぼくでな
しこの五月も

ネクタイ

紫陽花の毬の重みをなお増して雨　少しずつ
妻を消しゆく

今朝亀が潰れていたり五丁目のセブン－イレブン前の細道

ネクタイの長さ決まらずいくたびも妻のとなりで結び直しつ

妻の炊くかぼちゃの湯気がやけに濃い生徒を
叱り過ぎた火曜日

没年を書く

梅雨晴れの午前十時の黒板に向田邦子の没年を書く

怒鳴りたるのちのしずかな教室で音読を聞く「父の詫び状」

ぼくの知らぬ過去が散らばる　教室の後ろで
ふいに筆箱落ちて

さびしさに呑み込まれつつ今ぼくはカリ活用を板書する人

山之口貘にあらざるぼくがまたぼくぼく言いて教室を出でつ

忘れてもいい

戦争は忘れてもいい、原発と地震津波でちゃらだ、と笑う

明けぬ夜はないというもう太陽は木槿の蘂を
灼いているのに

被曝だ、と笑い男らが吉祥寺ＰＡＲＣＯを出
でて夕立の中へ

除染とは染野を除外することなれば生徒らは
笑うプールサイドに

フクシマという名の生徒　先輩にゲンパツヤ
ロウと笑われキレた

福嶋を原発野郎と笑う生徒《こ》を叱ることさえうまくできない

青天のけやき公園プールにて二〇一一年八月も日焼けす

預けたる人

初めての床屋の隅に待ちながらたどる手相の
本の目次を

「繊細で真面目な人」と記されて手相の本の
手垢濃き欄

ひとり来て日焼けする夏阿佐ヶ谷の区民プー
ルで仰向けになり

日を仰ぎ泣くばかりなりポケモンの浮輪に体《たい》を預けたる人

阿佐ヶ谷の神明宮を吹く風のもう祈るなとささやいて去る

全身に夕陽を浴びてしまいたりバス待つ列の
最後尾にて

ハイタッチ

サッカーの試合観に行く教頭に指定されたる
バスに乗り込み

教頭のとなりで今年六度目だサッカーボール
の行方追うのは

歓声は膨らみつづけキーパーのグローブだけ
を照らす秋の日

教頭とハイタッチして寂しかりＰＫ戦に優勝
決まる

大宮南銀座通り

ちちははの饒舌を聞く大宮の「桜坂」なる
チェーン居酒屋に

大宮南銀座通りのああなんだか芳香剤くさいこの居酒屋は

すでに老いて父の広げる間取図のセキスイハイムの「キス」のみが見ゆ

父の箸が生姜をつまむチューブから押し出さ
れたるままの形の

さびしさを表す術を知らぬままこの母もやが
て惚《ほう》けるのだろう

新宿へ行く

君の頬顎首筋に指を置く　十月の青空が剝がれる

コーヒーのグラスを覆う水滴の海の記憶に指
は冷えたり

笑っても責めても君は君の家族とカメラを買
いに新宿へ行く

トールで

怒りとは逃避なのだが　はつ冬の欅の影に雀
来て去る

エロ本のページを破り生徒らが飛行機を折る
ゆうらりと飛ぶ

教壇に黒板消しを拾い上げおまえも死ねと
言ってしまいぬ

冬の花舗に店員らみな着膨れてばちんばちんと切りつづけている

しがみつくあれはぼくだな新宿の高層ビルの窓のひとつの

阿佐ヶ谷のスターバックス　ばあさんが店員
を呼び卓を拭かせる

ばあさんの恐れ入りますという声のぼあんと
聞こえ朝《あした》のスタバ

「ソイ・ラテのあったかいのをトールで」と
痛みに耐うるごときこの声

あなたへとことばを

早口になればなるほど夕闇が近づく　あなたの頬は強張る

あなたへとことばを棄てたまっ白な壁に囲まれ唾を飛ばして
眠れぬと呟く人を怒鳴りつけオートロックの向こうへ帰す

千円で売れた食卓　冬の午後を二脚の椅子と
ともに出て行く

安堵でも怖れでもなし退去日を記すペンから
染み出すものは

思いきり息を吸い込みこの肺の小さきことを
冷たきことを

食卓もソファーも冷蔵庫も売って畳の部屋で
暮らし始めた

国際基督教大学《ICU》杉並会に招かれてあなたの知らぬ友を増やした

Ⅲ

三度

引っ越してベランダの幅に足らざれば捨てたり春の物干し竿を

ぐいぐいと引っ張るのだが掃除機がこっちに
来ない　これは孤独だ

北向きの台所なるアイビーの鉢は膝より下に
置くべし

タンブラーの底に押し込みスポンジを三度ま
わして引き上げにけり

二枚

大声で叱りつづけるぼくの背に昆布が生えて
いたのだという

教壇に立つたび翅をつままれてとんぼがもがくこの肺の奥

雨音の届かぬ教員室の隅ひとり教師が血圧測る

まっ白なカップの縁《ふち》にこびりつくカフェラテ
の泡　これは悔しさ

夕焼けに手を振るような恥ずかしさ君が欲し
いと強く思えば

君の手に重ねたきこの手の熱を桜の幹に押しつける夕

てのひらのさびしい熱よ向き合いて抹茶ロールを皿に倒せり

雨は好きだが紫陽花が嫌いだと低き声する
バスはまだ来ず

阿佐谷の北二丁目の豆腐屋で「あげを二枚」
と言ってはみたが

四階

君でなきひとに会うにもバス停にひかり浴びつつ待たねばならぬ

足下にまだ生きているミツバチをどうすることもぼくはできない

吉祥寺ヨドバシカメラ四階でそっと扇風機を持ち上げた

マイク置いて演奏中止のボタン押すアアアア
アアと叫ばぬために

六月の畳に立ってワイシャツの襟の汚れをし
ばし見ていつ

診断

なぜこうもさびしいのだろう教頭が糖尿病と
診断されて

「肉よりも魚」「白米よりも蕎麦」教頭のことばが縮んでいる

人魚

尾鰭つかみ浴槽の縁《ふち》に叩きつけ人魚を放つ
仰向けに浮く

尾鰭つかみ人魚を掲ぐ　死ののちも眼《め》は濡れ
ながらぼくを映さず

これはさつじん殺人ですという声のせて防球
ネットをすりぬける風

汗臭き教室へ行きつぎつぎに立ち上がる死と
目を合わせたり

プールにてすこし冷えたる生徒らの瞼まぶた
に蝶がとまって

自らの喩にはあらざり中3がかかとつぶして
履く革靴は

ゆっくりとガムを剝がせばそこにだけあまき
香の立つ夏の教室

ゴミ袋にブラジャー透けて杉並区天沼一丁目の夕まぐれ

伸びちぢみする水晶体君の鼻二の腕腹のひかり集めて

君を思う気持ちにも似ていくたびもガスの元
栓たしかむる朝

叫び声をあげないためにこの蛇は君の不在を
銜えつづける

はちみつの壜に群がる黒蟻の生真面目　君の
孤独を憎む

中指に潰さるるとき黒蟻が決めつけるなとぼ
くをわらった

怒りにて冷えた身体を浴槽に沈める　怒りのみ濡れていく

耳鳴りのように朝日がこの部屋をくまなく照らす　ゴミ出しに行く

背も腹もないのであるが今日は背をこちらに
向けて雲の七月

夏休みにちゃんと洗えよ汗だくの受け身のの
ちのその柔道着

体重

では、また。と結ばれており親指で封を破いた夏の手紙は

四人に一人くらいが訊くぼくの離婚の理由
君は訊かない

ドトールの三十分に聞きていつ君の娘の夏の
予定を

諦めは負けじゃないのに　折りたたみ傘の雨
滴をばさばさ払う

教頭の老眼すすみまひるまの蕎麦屋の卓に冷
えゆくメガネ

音量を決められぬまま「屋久島の自然音」なる五十分は果つ

納豆と水を買いたり空のまだ青い部分を探したあとに

体重は変わらぬのだが痩せたねとまたもや言
わる　おしぼりを置く

予定

花瓶からそっと引き抜きひまわりを折りたり
枯れているはずだった

ストローを挿してしまえば唇を濡らさぬままのアイスコーヒー

向き合いてコーラを吸えば夏の君が家族旅行の予定を告げた

隠さずにどうしてそれを告げたのかはじめは
まるでわからなかった

畳まで届いたポトス揺れている　リモコンで
扇風機を止める

リモコンで照明を消す　寝返りを打つそのたびに体温を知る

バスが出るゆっくりとまた右折する感情は理性を強くする

種をはずし皮をはがしてアボカドを切る感情
はつねに正しい

無数

夏の夕　とんぼがぼくの腹の上《え》に産みつけて
いく無数の卵《たまご》

腹の上に産みつけられて寝返りを打てず噴き
出す汗を拭えず

ぼくの汗をとんぼが舐める舐めながら白い卵
をなお産みつづく

風鈴が鳴る　夜が来る　この腹が白い卵に覆われていく

月光を反《かえ》さざる汗　てのひらで真白き腹をゆっくり撫でる

ひと粒を指につぶせばぬるぬると　罰していれば君は逃げない

君の手が今まで触れてきたもののすべてに触れなければならない

この腹をとんぼの卵に覆われてとんぼはとう
に行ってしまって

数秒

虐の字のここはヨでなくEだよとくりかえす
うち夏は去りたり

コーヒーがコーヒーカップに注がれて動きを
止めるまでの数秒

窓の外《と》を人と車が平行に流れる　コーヒーに
舌を灼く

たれもたれも鞄を膝にのせている鞄の底を他
人に見せて

嘘ですか　服を脱がせて皮膚に皮膚をかさね
てきみの目は閉じていて

心音のすこしはやまることのみがいやそれすらもきみのつく嘘

問いだけをのこしてきみは仰向けだかわいた指のすこしひらかれ

海を見に行きたかったなよろこびも怒りも捨
てて君だけ連れて

充足

背をひらきしずかに翅をのばしゆくその充足
に朝陽があたる

朝の陽にあたためられてこの指はカラスアゲ
ハの翅を引きぬく

翅のなき蝶飛ばざるをこの意思は君をもとめ
るもとめては消ゆ

痛点のひしめくからだ横たえて君が寝ている
もう朝なのに

射してきて陽があたためる狂えずに朝をむかえた電波時計を

カーテンが冬のひかりを溜めていく　ことばにならぬ感情はない

駅員に死ねおまえ死ねと怒鳴りいる老婦の唾の二、三滴見ゆ

咳をする人のまばらに立っている東西線が朝《あした》
を運ぶ

〈分煙〉と標示のあれば人の吐くけむりはけ
むりのまま消えていく

朝の陽のしたたりている白球をだれも拾わず
もちろんぼくも

顔だけを撫でまわされて教頭がビル風は風
じゃないとつぶやく

目的をもたざるままに飛ぶ鳥が千代田区にだけ棲むのだという

さびしさに濃淡がありぎんなんのにおいの中を蕎麦屋まで行く

ゆうやけを右目に見つつ靴を脱ぐ　靴紐が知
らぬまに濡れている

こうもり、と指さされたり校庭を舞い上がり
たる二、三の闇が

善し悪しじゃないと答えるN医師にうなずいた夜もあった　眠いな

待ちたくて待っているのに夜の窓に映った顔のこの醜さは

水差しに水がそそがれ水差しの水がそそがる
旧いかなしみ

伝えたきことばなどなく伸ばす手が君の頬よりずっと冷たい

白球が人工芝で朝を待つ　君の背中にくちびるを寄す

君の手の触れたすべてに触れたあとこの手で君を殴りつづける

君を殴る殴りつづける　カーテンが冬のひかりを放ちはじめる

水差しの水に落とせば翅のなきカラスアゲハが口吻《くち》を伸ばしぬ

Ⅳ

ドミニカバニー

これもあれも嘘だと人を遠ざけた雨の降らざ
るこの十日ほどを

酸味つよく喉に染みたり霜月のドミニカバニーというコーヒーの

コンドームを箱ごと捨てつ分《ぶん》別《べつ》についてうっかり考えたのち

霧雨につめたく濡れてポスターに山本太郎の
きれいなおでこ

鏡をくれ

杉並区天沼に雪　積もる前に買い物せんとS
EIYUへ行く

アボカドを握っては置く熟したるたった一つ
を見つけるために

まだ青いバナナを摑む〈常温で保存を〉とい
う標示の下の

塩水で色止めをするあやうさに人を恋いたり
不味いりんごだ

超音波式加湿器のしずけさに鼻近づけて鼻を
濡らしぬ

釦すべて留められてあり首のないマネキンが
着る学生服の

*

百目という妖怪ふいに部屋に来て鏡をくれと
叫んで泣いた

さびしさが地蔵のように立っている怒りがそ
こに水を供える

渦

風呂の湯は空を映さずこの体《たい》をあたためやが
て渦を巻きたり

赦されぬまま立ちており電柱が春の驟雨を吸い上げながら

感情は抑えつけるな操れと蜘蛛が巣を張るごとき声する

時計、ガム、つまようじ、わがのぼりゆく階段に落ちて中野駅の朝

ペコちゃんの短い腕を拭きあげてバンザイさせて店員は消ゆ

食べ終えてバナナの皮を捨てにいくエルヴィス・コステロ「She」を聴きつつ

蝗螂《かまきり》のたまごのようなよろこびが横田さん家《ち》の塀越しに見ゆ

わが指示ののち

生徒らがいっせいに椅子を持ち上げて机に載せるわが指示ののち

生徒ひとりレシート整理を始めたり風つよき
日の春の窓辺に

真実がチャイムのような音立てて眠る生徒を
起こしに来たり

胃の痛みを保健室にて告げる昼手打ち野球に
歓声揚がる

生ゴミを冷凍庫にて凍らせる　言い訳を吐く
ために生まれて

レジ打ちのバイトがしたし延々と釣りを渡し
てひと日を終えたし

誤解ひとつ解かざるままに別れきて〈菜の花
とじゃこのパスタ〉旨しも

耐えていた

感情がなければいいなひとりだな便器摑んで
吐くこの朝も

鳴りやまぬ拍手のごとく湯の沸けば電気ケトルを傾けにけり

朝焼けに遠いところでロキソニン一錠が落つ今日がはじまる

駅までの五分を歩く朝の陽に剃刀負けのほほをさらして

わたくしは耐えていました脚二本四月五日のこたつに入れて

鳴らす

君の声にふいにふるえてさびしさが電話ののちの鼓膜を去らず

部屋干しにするか否かに迷いつつパンツを握
る雲を見上げる

憎しみに舌を腫らして抱くとき君の身体は温
かかった

月かげを内に満たして降る雨がビニール傘を
むやみに鳴らす

誰ひとりわれに触れざる夏にしてある朝は床
に塩をこぼしぬ

暑いから

ちちははとケーブルカーで登りゆく筑波山わ
れも無口なままで

おびただしきトンボ飛びおり筑波山山頂駅の
改札出れば

山頂の見晴らしわるく蒸し暑く父は止まらぬ
汗を拭きおり

暑いからめんどくさいと拒んだら父は素直に
カメラを下げた

筑波山のトンボかなしも母のすこし曲がった
腰をかすめて飛びぬ

染野という地名が奈良にあることを帰省の夜
の話題となせり

十六歳

焼香に頭《ず》を下げたれば下げかえす日焼けのす
ごき十六歳が

十六歳が通夜に頭を下ぐどんな顔すりゃいい
のかという顔をして

父を亡くして五日目の十六歳がバナナ食べお
り体育のあとに

保険証あたらしいのが来たらすぐ持ってきて
と告ぐ秋の廊下で

涙つたう頬もあわてて拭う手も十六歳は日焼
けしており

ナポリタンふいに食いたし口拭いて紙ナプキ
ンをあかく染めたし

洋ナシとリンゴ

イチローの４０００安打の記事の上《え》に変な涙
が三滴落ちぬ

アレルギー検査の結果洋ナシとリンゴを食えぬ身体となりぬ

鬱《うつ》病というゆたかさをとおく離れ来てこの暮れ方は茗荷刻みつ

阿闍梨

二年ほどマクドナルドで食べていないわれを
恃みて校門を跨ぐ

トイレットペーパー立てりその芯にハサミは
挿され教室が暑い

阿闍梨、と生徒が声に出すたびにぼくは笑い
をこらえていたり

ありがたし、ののしる、便なし、黒板に記せば指が太る気のする

教室に静寂ふかきひとところありてときおりしねとし聞こゆ

夕暮れに布団をはたく音がする　怖れがながく喉を去らない

ココナッツオイル

仙人が雲を駈けゆく音聞こえ阿佐ヶ谷に傘つぎつぎひらく

ひとり来て曲げれば秋の真ん中のぷぷぷぷと
鳴る赤いストロー

「洋服の青山」の青よりも濃き青見つからず
連休終わる

校庭の人工芝にガムを吐きカフカのような影を曳く人

一度だけ抜こうとしたが　教室の壁に錆びたる四つの画鋲

会いたき人なくて夜明けは眼裏《まなうら》の海へ無数の
われが落下す

ココナッツオイル頭皮にこすりつけ目を閉ず
る夜　これが祈りだ

昨日の死亡事故１　阿佐ヶ谷駅交番前の鳩が
首振る

海辺に

フィリピンの台風被害を怖れたり3・11よりも怖れたり

着陸を拒むがごとし物資載せたヘリコプター
を見上ぐる人ら

略奪をし強姦をし殺人をしてわたくしは深く
眠るのだろう海辺に

「思い出さざるをえません。それでは」とFMにレディ・ガガの流るる

「比」の文字のなにか恥ずかしく新聞に数字ばかりを探す朝なり

つよすぎるんだ

おれ性欲つよすぎるんだと呟いて生徒が真顔
二学期終わる

V

（笑）

家族という記憶はすでに新築のたとえば狭き
トイレに臭う

担当者とのやりとりのいっさいを録音したと
いう父の　家

ペッパーミル回す手つきがなんか変な母とふ
たたび暮らしはじめつ

引っ越しの翌日父と怒鳴り合って非常にふかい充足を得つ

パラサイトシングルという死語に添えて（笑）を送信したり

おかえり

死のように黄蝶あらわれ陽にひかる上下左右
の動線の中

はじまりに感情がある　よく手入れされて隣
家の松が動かない

唐揚げと昆布巻きひとつずつのこる食卓　苦
しいな家族は

焼酎をお湯で割って飲むゆうぐれの父のまぶたが剝がれそうだ

階段をそうっと下りて近づけば諍う声ではなかった冬の夜

おかえりという声聞けばただいまと応えるまでもなくぼくは声

松屋からミスド

松屋からミスドに移り『海量《ハイリヤン》』を開きつやがて呼吸とととのう

房総へ花摘みにゆきそののちにつきとばさるるやうに別れき
大口玲子『海量』

別れき　と結ばれてのち時間はもこととばとともに逆走したり

シナモンチュロスの粉払いつつ生徒らの「山椒魚」の感想も読む

改作後の「山椒魚」はなんか疲れると丁寧な
字で書かれていたり

ツイッターを目で追うだけの雪の昼「北から
目線」という語に遭いぬ

深くふかく

唇のうすき男に割り込まれ吊革さえもとおい
春なり

朝焼けは見えず吊革つかむさえできず鞄も持
ちかえられず

わが前の座席は空《あ》かずその脇の座席が空いて
われは座れず

セックスをいくつか思い出しながら満員電車の揺れに耐えいる

ぼんやりと窓を向くわが眼球のわれを振りきる左右の動き

春の夜の採点に倦み深くふかくため息つけば
臭うわが足

教師らのうがいの音の高低で誰だかわかるこ
とのかなしさ

一人暮らししたいセックスしたい乃木坂46が
好きと日誌にあり

親にスマホもＰＳＰも取られて良かった自由
ですと日誌にあり

何もしなかった一年だった後悔ばかりだった
死ねと日誌にあり

いっちょまえに選歌などせり日曜日の春のド
トール禁煙席で

つまんで

感情のように揺れたり吊革はあなたの春の腕
を垂らして

「消費税上がったらやめる」という声の背後に聞こえ終点上野

桜などつまらぬという表情が欲しかったのだが　君と見ている

紙コップに注《つ》いでもいいか泡の量が見えない
けれどほんとにいいか

まぶた二枚君にあずけて苦しきを千鳥ヶ淵の
桜満開

花弁に喉をふさがれたる今日は時計気にせず
抱きたいのだが

君の耳たぶつまんで何を確かめる指の力か春
の夕べに

阿佐ヶ谷のカフェ・ド・ヴァリエテ　コーヒーを飲むためだけに春は行きたし

買ってきます

座っててください買ってきますという声に
座って目脂を拭いた

夕焼けは膨らみつづけ目の奥の青い花瓶を今日も倒した

たまにとても恥ずかしくなり教室の後ろに行って音読はする

何に飢えたるこころだろうかふた月を桑田佳祐ばかり聴きおり

さいたま屋の油そば旨し太麺ににんにく油《あぶら》のつやつや絡み

「ご」と「芳」

一月に産まれるんですと笑顔なる人の隣で飲むハイボール

〈パクチーと海苔のサラダ〉をつまみつつおめでとうの後《あと》のありがとうを聞く

綿棒を耳に挿し入れ「ご」と「芳」を消しつつ結婚式には出ない

覗き込む父のうしろで覗き込めば口をひらい
ておびただしき蜆

父を今日も怒鳴りつけたり今日父は炊飯釜を
ぼくに投げたり

父とぼくが怒鳴り合うときいつも母がみっと
もないからやめてとぞ泣く

祖母はもう死んだが盆の茨城で母は苦しみぼ
くがそれを見る

Ｂボタンぎゅっと押したる感触のふいに戻り来　泣けなかったな

ＳＥＩＹＵで弟夫婦に買ってやるハーゲンダッツのバニラと和栗

*

ホームへと神託のごと降《くだ》りゆくピンクのキャリーバッグ怖ろし

五分前に豪雨予報のメール来て時間どおりに
ずぶ濡れである

スーパームーンとても眩しい夏の夜を耳を濡
らして電話している

まるで愛を

たっぷりとメープルシロップかけているホットケーキに罪あるごとく

扇風機の羽の埃のようだったあなたを責める
あの感情は

でもそれを拭わなかったそのほうが夏を凌げ
るような気がして

目が覚めてメガネを探すまるで愛を知っている
かのように手を伸ばし

写す指

クスノキの葉が感情のように散るそれを生徒
が掃いては捨てる

「山月記」中島敦　と板書してめんどくさそうな写す指を見る

十月のひかりに板書していたが安部がカーテン引いてしまいぬ

生徒より保護者のほうがやっかいと鏡越しなる笑い声はも

*

そめのさんもホッピー飲んでみればって秋の
夜長の田村元は

グラタンとか唐揚げばかり頼むから太るんだ
よと田村に言わず

やめたいな

鉄瓶で殴ったように夕焼けが広がる　上野で
ラブホテルに行く

こころだけを殺して生きる方法を思いついた
が、脱がせるところ

はつ冬のシーツの糊が汗に溶けやめたいなで
も君は目を逸らす

アラレちゃんがタオルに淡く浮いていてぼく
を見ている　黄色い手を拭く

ココナッツオイルを塗ったトーストに近づく
口がひらきつつある

柿を噛んでかすかなる甘みかすかなる疚しさに歯を冷やす一人《いちにん》

ソイ・ラテに蜂蜜垂らすかきまわす指にわずかに怒りの残る

好きなものを好きと言えないわたくしを仏像
として拝んでほしい

幸せそうに

よろこびを拒みていたり生徒らは非常に巧く
マフラー巻いて

さも幸せそうに早弁する人の箸につままれ紅
生姜見ゆ

性欲のあかあかと照る教室で「丸山眞男」と
板書する冬

赤羽にやなか珈琲のあることがこの生活をつよく励ます

「レギンス」は発声したることのなき単語上野でまた人を待つ

改札機ひらききったる向こうにも屈託として
赤し夕焼け

表情を偽っているこの人とエレベーターにい
たりし数秒

朝焼けに体《たい》を光らせ渡る橋何の直喩だろうか
この世は

聞いてる？

洗濯板みたいな雲を見上げたる冬至わたしは
お金も欲しい

君が酒に強きことやはり妬ましい四ツ谷「四ツ屋」に隣で飲めば

聞いてる？　と聞かれてちょっとうれしきを君が卵を溶く指速し

＊

もし煙草を吸えたなら今あなたから火を借り
られた揺れやまぬ火を

うがいする君の隣でうがいすればうがいののちの会釈さびしも

つけ麺を君と食いたし君よりもちょっとだけ早く食い終わりたし

なんと濃い

教室にポテトチップス散乱し生徒三人《みたり》は掃き

あつめたり

「待つ」太宰治　と記しふりむけばすでに寝
ておりふたりの山田

逃げてんじゃねえぞおまえの成績で指定校推薦《していこうすいせん》
など無理だと言わず

なんと濃い夕陽だろうか教室でしずかにめく
るエロ本の上《え》に

怖れから怒りへ不意に転じたるこの感情もわ
たしのごとし

あてつけか

年賀状に家族写真を載せるのはもういいやめろあてつけかと言わず

Ⅵ

首

胸の上《え》に首《こうべ》をのせたその人のふいに映さる春
のスマホに

胸の上の首の口はあいている目はとじている
目よあけと思《も》う

育毛剤

ゆうぐれのコーヒー豆の焙煎の匂いの中で妬
みつづける

幸せになる覚悟とは　コーヒーに浮きたる泡が唇に付く

コーヒーにパンの「小麦の本来の味」が消えたり　たぶん消えたり

座るなら網棚に載せるな　朝陽のなかで人を
見下ろす

さくら咲かぬ春を生きたし水鳥の短い首を見
つめるだけの

酒飲めぬことがここでもさびしさのひとつと
なりぬ谷中銀座に

神々の嘔吐であろうとぷとぷと千鳥ヶ淵を花
筏行く

ひと月で育毛剤をまた変えるつねに暴れてい
たるこころは

川で子ども海で子どもと遊ぶような不安を今
日もいじめぬきたり

波打った紙ナプキンで　会いたさは極まる前に奪われるいつも

分け合って食う人おらぬ絶望のダークモカチップフラペチーノ

瞳《め》の色のうすき戸田医師はきはきと「足底筋
膜炎」と告げたり

ハコモノ

宇都宮さんがトルコから帰ってくるって　水
鳥がとめどなく死ぬこの日本《にっぽん》に

憎しみの去らぬ頭をシャンプーす去るな去るなと指は行き来す

六月の東西線の空調に首のうしろが冷えきったのだが

新しい校舎を建てる計画に理事長だけがうれしそうなり

宗教者はハコモノが好きという暴論を暴論とせず春を過ごせり

爪切りの中からいつの爪だろうこぼれて床に
消えてしまって

いつはめた輪ゴムだろうか痕のつくほどでは
ないが左の手首

ぶどうの種

船団のなかの一隻そのなかに火を守りつつきみも運ばる

復讐を果たしたきみが泣きながら咳きこみながら火に耳を焼く

七月の死の湿りけを　捨てられた助辞を　ぶどうの種の行方を

七月十五日

ある生徒を怖れていたりわがうちの旧くてとても性的な部分が

薄情だとか驕ってるだとかぼくに言いたそう
な幾人《いくにん》か　おめでとう

七月十五日　ぼくはＮＨＫのカメラの前で
笑ったりした

舌

憲法ゆしたたる汗に潤える舌よあなたの全身
を舐む

違憲だ、違憲だ。渋谷から戻ってあなたの中
に二度射精した

解釈が声をゆがめるゆがみたる声がわたしを
悦ばせている

挿し入れてつよく圧《お》された舌先に言葉をのせる　あなたを帰す

追うつもりはないのに鳩が　東大宮駅前の陽に濡れていく

シロップを垂らせばアイスコーヒーの氷のすこし浮きあがる夏

新聞を読み終えて立ちストローを抜いてグラスは棚に置きたり

まずすべてほじくってから食べたきを西瓜の
種は奥にまだある

幾たびかにかひゃくねんてんと声に出し尻ポ
ケットに入れた半券

挿し入れた舌の感触よみがえる佐伯祐三「新聞屋」の前で

今すぐに聴きたい声もあるのだが　パンツを穿いてぐっと飲む水

勝つための戦いばかり　音よりもはやく運ばれ花火がひらく

まさか詩なのか

母という欲がことばを吐くときの婉曲がまた
わたしを責める

西日まったく射さざる部屋に並べたる偏差値表と成績票あわれ

息子の受験のスケジュールをエクセルでとてもきれいに表にした母

「この子の成績をどこまで上げてくれるんで
すか」まさか詩なのか

「この子の人生だし関係ないですけどせめて
慶應には」詩なのか

何となく二度の柏《かしわ》手《で》そののちを面談室のエアコン切りつ

性欲が不意に兆せり二時間につき百円の駐輪場で

富士そばのちょっとしょっぱいかつ丼の飯《めし》の
最後のふた粒をいま

白川密成『ボクは坊さん。』に寄せて

夕空がぼくよりぼくであることのふいにあふれてきたりあなたは

泣きたい

パキシルを飲みいし頃のジャケットはぶかぶかなれど捨てないでいる

教室を掃きつつふたり肩を組みふいに「レリゴー」「ふるっ」と言いぬ

ゴミ箱をのけて生徒が掃いているなんの比喩にもあらずその隅

夏休みにひどく太った岡崎の腿びっしょりと
雨に濡れたり

太りたる麻木が力瘤見せて「エロい夏だっ
た」と大声で

夏期講習十二講座に出席せし佐野も太った
ぼくも泣きたい

傘袋に押しこむという恥ずかしき動作ののち
をデモを見ている

『こころ』

十月の後藤先生そばに来てあなたは真面目だ
からと笑う

頭文字などはとてもと記したる私にこの午後を会いたし

先生が恋は罪悪と言いしときのざいあくのアクセント知りたし

死ねばいい

ちっぽけな自分と思う青天に歩きタバコの人
を憎めば

ちっぽけな自分と思うカキフライにかける
ソースの量を迷えば

宛先も差出人もわからない叫びをひとつ預かっている
奥田亡羊『亡羊』

死ねばいい、と号泣しつつ飲む人のその宛先
になりたかったが

中村文則「火」に寄せて

消えざれば声にはあらず　まだだ、まだ足りない、と声　火のように声

著者略歴

染野太朗（そめの たろう）

1977 年　茨城県生まれ
　　　　　埼玉県に育つ
2011 年　『あの日の海』刊行

歌集　人魚《にんぎょ》
まひる野叢書第340篇

2016年12月31日　初版発行
2017年 5 月25日　2 版発行

著　者　染野太朗
発行者　宍戸健司
発　行　一般財団法人　角川文化振興財団
東京都千代田区富士見 1-12-15　〒102-0071
電話 03-5215-7821
http://www.kadokawa-zaidan.or.jp/
発　売　株式会社 KADOKAWA
東京都千代田区富士見 2-13-3　〒102-8177
電話 0570-002-301(カスタマーサポート・ナビダイヤル)
受付時間 9：00 ～ 17：00(土日 祝日 年末年始を除く)
http://www.kadokawa.co.jp/
印刷製本　中央精版印刷株式会社

ISBN 978-4-04-876429-2　C0092